Shemale Geschichten

Teil 1

Vorwort:

Mein Name ist Aiden Kelly. Ich wurde 1982 in Dublin, im schönen Irland geboren. Seit meiner Kindheit schreibe ich Geschichten aller Art. Je älter ich wurde, umso stärker zog es mich zu erotischer Literatur hin.

Bis heute habe ich weit mehr als 200 erotische Romane und (vor allem) Kurzgeschichten veröffentlicht. Mit diesen Geschichten möchte ich meinen Lesern die Zeit versüßen und sie zu erotischen Taten inspirieren.

Bei der Erzählung meiner Geschichten halte ich mich nicht an starre Konventionen. Mal schreibe ich aus Sicht einer Frau, mal aus der Sicht eines Mannes. Gelegentlich schreibe ich auch in der Ich-Form.

Ihr Aiden Kelly

Teil 1

Mein Name ist Jaime, und das ist meine Geschichte. Ich war immer leicht gebaut, mit zarten Zügen. Ich schien bei etwa 5'4" und 130 Pfund mit einem Gesicht, das aussah, als könnte es entweder ein Junge oder ein Mädchen sein. Als die Pubertät kam, bekam ich nicht die Körperbehaarung, die die meisten anderen Jungs hatten. Ich hoffte verzweifelt auf einen Bart, konnte aber nie mehr als ein paar verirrte Haare oder Haarflecken bekommen, im Allgemeinen ziemlich unschön. Obwohl langes Haar irgendwie stylisch war, habe ich meins kurz gehalten. Zu viele Leute dachten, ich sei ein Mädchen, wie es war.

Ich versuchte, einer der Jungs zu sein, aber alle anderen Jungs schienen sich für Autos, Sport, Jagd, Angeln, Waffen und unhöfliche Kommentare über Mädchen zu interessieren. Als ich nicht so macho war wie einige der anderen Jungs, begannen einige von ihnen, mich eine Schwuchtel zu nennen und mich zu bitten, ihre Schwänze zu lutschen. Ich beschloss, dass ich diese Art von Scheiße wirklich nicht brauche, und ich interessierte mich für Mädchen, nicht für Jungs.

Am Ende hing ich mehr mit den Mädchen rum, obwohl keines von ihnen ein Interesse an mir hatte. Wenigstens waren sie freundlich und die meisten von ihnen waren nicht missbräuchlich wie die Jungs. Ein paar Mal ließ ich Mädchen anfangen, mir Namen zu geben, aber die anderen Mädchen sagten ihnen, sie sollten die Klappe halten. Ich wurde der "sichere Junge", mit dem sie reden konnten, wenn ihre Freunde sie verletzt hatten. Sie konnten auf meiner Schulter weinen, mich umarmen und mich auf die Wange küssen. Ich war in Sicherheit, weil ich meine Wohnung kannte. Ich wollte nicht mit ihnen rummachen, und ich hatte sicherlich keine Chance, sie zu ficken.

Nach der High School begann ich das Community College. Meine Familie hatte nicht viel Geld und ich konnte mir nicht mehr als das leisten, außerdem war ich ein ziemlich durchschnittlicher Schüler - kein echtes Genie. Ich hielt lange genug durch, um einen zweijährigen Abschluss zu bekommen, dann liefen mir Geld und Zinsen aus. Wenigstens war dieser Abschluss genug, um mir zu helfen, einen Job vom Typ Büro zu bekommen. Angesichts meines Mangels an Muskeln wollte ich sicher keine körperliche Arbeit verrichten.

Ich fand mich in der Kundenbetreuung wieder - kaum spannend, aber es war ehrliche Arbeit in einem schönen, klimatisierten Büro. Die meisten meiner

Mitarbeiter waren Frauen, und ein Teil der Männer dort war schwul. Am Ende hing ich mit den Frauen ab, genau wie in der Schule. Solange ich nicht laut, widerwärtig oder aufdringlich war, was ich nie war, waren sie froh, dass ich mit ihnen zusammen war.

Ich dachte, mein Schicksal wäre es, immer der Kerl zu sein, den Frauen als Freund sehen, aber nie als Liebhaber. Dann änderte sich das durch etwas. Wenn ich auf alles zurückblicke, was passiert ist, frage ich mich, ob ich es noch einmal tun musste, zu wissen, was dadurch passieren würde, was ich tun würde. Ich weiß es wirklich nicht. Ich wollte Liebe und gewollt und gebraucht werden, aber der Preis war höher, als ich es mir vorgestellt hätte.

Susan trat in das Unternehmen ein und wurde Teil der Gruppe der Frauen, mit denen ich zusammen war.

Susan war etwa 24 Jahre alt, verglichen mit meinem 21., mit einem hübschen Gesicht, und sie trug sich mit einem Gefühl des Selbstvertrauens. Sie war ungefähr so groß wie ich, aber mit schönen Kurven, schulterlangem braunen Haar, einem Lächeln, das die Herzen schmelzen ließ, zusammen mit C-Cup-Brüsten.

Zuerst schien sie den anderen sehr ähnlich zu sein, dann begannen sich die Dinge langsam zu ändern. Als sie mich umarmte, schienen die Umarmungen länger und irgendwie intimer zu sein. Sie schien mir körperlich näher zu sein als jede andere Frau. Ich wollte nie meine Hoffnungen wecken, nur um enttäuscht zu sein, also habe ich es irgendwie abgelehnt und ausgelacht.

Ich ging mit den Mädchen aus und trank mit ihnen, und während es so weiterging, waren Susan und ich oft unter den letzten, die gingen. In meinem Fall wollte ich die Firma. Mit den Frauen zu hängen war viel besser, als in meiner winzigen Studio-Wohnung allein zu sitzen und Kabelfernsehen zu schauen, was ich allzu oft tat.

Eines Freitagabends wurde es etwa elf, und die Gruppe war auf mich, Susan und eine andere Frau eingeschmolzen. Susan schien hauptsächlich mit mir zu sprechen, an mir zu hängen und über alles zu lachen, was ich sagte. Nach einer Weile stand die andere Frau auf, lachte ein wenig halb und sprach.

"Ich kann sehen, dass aus drei eine Menge geworden ist. Gute Nacht, meine Damen." Sie drehte sich um und ging von dem Ort weg, als wir sie beobachteten.

"Damen? Offensichtlich schaut sie dich nicht sehr genau an, oder?" "Es stört mich nicht. Eines Nachts sagte eine der Frauen: "Nichts für ungut, aber du bist genau wie eines der Mädchen."

Susan sah mich an, lächelte dann und lehnte sich nach vorne und küsste mich auf die Lippen. Ich war überrascht und wusste nicht einmal, wie ich reagieren sollte. Ehrlich gesagt, ich hatte noch nie eine Frau romantisch geküsst, noch hatte man mich so geküsst. Sie zog sich leicht zurück und sah mich wieder an.

"War das schrecklich? "Nein! Es war toll." "Du hast nicht so getan, als wäre es toll." "Du hast mich überrascht. Ich wusste nicht, wie ich reagieren sollte." "Du hattest eine Minute Zeit, darüber nachzudenken. Wie solltest du reagieren?" Damit hob sie ihren Kopf leicht an und öffnete ihre Lippen nur ein wenig. Ich setzte mich für eine Sekunde hin, lehnte mich dann nach vorne und küsste sie. Sie küsste mich zurück, und wir küssten uns, wenn auch nicht so sehr, wie ich es mir gewünscht hätte, bevor sie den Kuss brach.

"Du bist süß, aber du brauchst Kussstunden." "Wo soll ich nur Kussstunden bekommen? Keine der Frauen will mich küssen." "Bin ich keine Frau?" "Ja. Ich meinte nicht...." "Und habe ich dich nicht geküsst?" "Ja. Und es war toll." Ich fühlte mich ängstlich und sah schüchtern aus, als sie mich mit einem kleinen halben Lächeln im Gesicht ansah. "Ich möchte, dass du mir das Küssen beibringst."

"Das könnte ich tun, und noch viel mehr - vorausgesetzt...." "Versorgt?" "Vorausgesetzt, Sie verstehen, dass ich das Sagen habe." "Sicher. Auf jeden Fall." "Du wirst tun, was ich sage, wenn ich es sage. Wenn ich sage, tu es, wirst du es tun. Wenn ich aufhören sage, werden Sie aufhören. Keine Argumente - Punkt." "Okay. Ich werde es tun." "Lass uns zu mir nach Hause gehen. Es ist etwas privater und wir können darüber reden und uns besser kennenlernen."

Ich hatte noch nie eine Frau gehabt, die mich zu sich nach Hause eingeladen hatte. Ich hatte noch nie einen gehabt, der bereit war, zu mir zu kommen - aus irgendeinem Grund, auch nicht aus unschuldigen Gründen. Hier war diese wunderschöne Frau, lud mich ein, zu ihr zu kommen, und deutete an, dass wir uns küssen könnten, und vielleicht sogar noch mehr. Zu diesem Zeitpunkt hätte ich meine Seele für diese Chance verkauft, und in gewissem Sinne habe ich es wohl getan.

Ihr Platz war in der Nähe, eine schöne kleine Wohnung mit einem Schlafzimmer und einem bequemen Sofa im Wohnzimmer. Sie lud mich ein, mich hinzusetzen und fragte mich, ob ich ein Glas Wein möchte. Die Gruppe hatte in dieser Nacht größtenteils Wein getrunken, und ich hatte ihn auch getrunken, also akzeptierte ich. Susan goss Gläser Wein für sie und mich ein und kam rüber, um sich neben mich auf das Sofa zu setzen.

Ich trank viel von dem Wein, weil ich sehr nervös war. Sie nahm einen Schluck Wein, stellte dann ihr Glas auf den Couchtisch vor uns und ließ mich dasselbe tun. "Verschiedene Frauen mögen verschiedene Dinge, aber zum größten Teil wollen wir nicht, dass du deine Lippen einfach auf unsere klebst und versuchst, deine Zunge in unsere Kehlen zu stecken. Sei süßer, mach es etwas langsamer. Lass es mich dir zeigen."

Sie lehnte sich nach vorne und zog mich näher an sich heran, dann streichelte sie zuerst nur ihre Lippen gegen meine, dann wieder etwas fester. Sie hielt es aus verschiedenen Blickwinkeln, mit unterschiedlicher Festigkeit, sogar mit ihrer Zunge, um meine Lippen zu streicheln. Ich war noch nie in meinem Leben so aufgeregt gewesen, aber ich versuchte, ihr zuzuhören und ihr das zu tun, was sie mit mir tat. Manchmal verschränkten wir die Lippen hart und sie hatte einen schnellen Schlag mit ihrer Zunge tiefer in meinen Mund. Ich saß da und küsste sie und dachte, nichts könnte besser sein als das. Sie blieb stehen und lehnte sich zurück, was mich enttäuschte.

"Du machst das gut und lernst schnell. Wir können noch mehr tun, aber wie gesagt, du musst bereit sein, das zu tun, was ich dir sage." "Das werde ich, darauf kannst du wetten." "Ich habe manchmal einen seltsamen Geschmack. Du musst alles tun, auch wenn es pervers ist." "Pervers? Wie pervers?" "Wir werden keine Narben oder Prellungen hinterlassen, zumindest nichts, was jemand sehen kann. Sind wir uns einig?" "Nun... ich..."

"Ja oder nein." " Ja." "Dann öffne mein Oberteil." Ich konnte nicht glauben, dass sie mich bat, ihr Oberteil aufzuknöpfen, aber ich war sicher, dass ich es nicht in Frage stellen würde. Ich streckte die Hand aus und mit wackeligen Fingern begann ich, die Knöpfe zu öffnen. Es war ein helles Blau und kam bis zur Taille herunter, steckte aber nicht in ihren Rock, obwohl es keine Taille zeigte. Trotz meines Fummelns habe ich alle Knöpfe gelöst. Sie lehnte sich nach vorne, mit den Armen leicht nach hinten. "Mach es auf und nimm es mir ab."

Ich öffnete es weit und schob es über ihre Schultern und Arme, und sie drehte sich leicht um, damit ich es den ganzen Weg von ihr nehmen konnte. Sie trug einen weißen Spitzen-BH, der nur einen Hauch von ihren Brustwarzen zeigte, nicht aber die Brustwarzen selbst. Nachdem ich es ausgezogen hatte, nahm sie es mir ab und legte es ordentlich über den Arm des Sofas, lehnte sich dann nach vorne und küsste mich wieder. Ich küsste sie eifrig zurück und war mir nicht sicher, was kommen würde, aber ich war mir sicher, dass ich mich daran erinnern würde. Nachdem wir uns eine Minute lang geküsst hatten, zog sie sich wieder zurück und drehte sich zu mir um.

"Kannst du meinen BH aushaken?" Wenn ich vorher zittrig war, stell dir vor, wie ich jetzt war. Ich streckte die Hand aus und zog den Rücken des BHs etwas von ihrem Rücken weg, dann fummelte ich, um die beiden Seiten auszuhaken, schaffte es aber trotz meiner Ungeschicklichkeit. Ich lasse die beiden Enden des BHs los. "Massiere meinen Rücken dort, wo die Gurte waren. Fest, aber zärtlich." Ich rieb über ihren Rücken, wo die Hauptträger waren, und konnte einige rote Flecken vom Tragen des BHs sehen. "Geh auch hoch."

Ich folgte den Schultergurten, die sie auch dort am Rücken rieb. Sie stöhnte und schaukelte hin und her, als ich sie rieb und die Schulterträger von ihren Schultern glitten und der BH von ihr fiel. "Die Schultern, und bis zum Hals." Meine Hände sind nicht so stark, aber ich begann, ihre Schultern und ihren Hals zu kneten. Ich hielt mich daran, bis meine Hände zu ermüden begannen. Schließlich drehte sie sich zu mir um und ich bekam meinen ersten guten Blick auf ihre Brüste. Sicher hatte ich Fotos von Brüsten gesehen, aber dies war das erste Mal, dass ich sie mit eigenen Augen persönlich gesehen hatte. Ich glaube, mein Mund hing durch den Schock offen. Sie küsste mich wieder.

"Du hast dir eine Belohnung verdient. Berühre sie, süß und zärtlich, aber fest - nicht kitzeln." Ich konnte sehen, wie meine Hände zitterten, als ich mit beiden Händen nach ihren Brüsten griff. Sie lächelte, als ich meine Hände auf sie legte und meine Daumen über die Brustwarzen rieb. Ich drückte sie sanft zusammen und zog sie langsam weg, indem ich an den Brustwarzen zog. Susan stöhnte und schloss ihre Augen, als ich langsam ihre Brüste überarbeitete und staunte, wie warm und weich sie sich fühlten und wie gut es sich anfühlte, mit ihnen zu spielen. Die Brustwarzen waren hart und sie stöhnte jedes Mal, wenn ich sie berührte.

"Küss sie. Küss die Brustwarzen. Leck sie am Arsch."
Wenn es das ist, was sie meinte, indem sie tat, was sie
mir sagte, fühlte ich, dass ich nie mit ihr streiten konnte.
Ich lehnte mich nach vorne, nahm die Brustwarze ihrer
rechten Brust in meine Lippen, küsste und saugte daran,
während ich mit meiner rechten Hand weiter mit ihrer
anderen Brust spielte. Susan lehnte sich auf dem Sofa
zurück, als ich mich küsste und an ihren Brüsten saugte,
und wechselte wiederholt von rechts nach links und
wieder zurück.

"Zieh dein Hemd aus und umarme mich. Ich will deine
Haut gegen meine fühlen." Ich war so begierig darauf,
dass ich tatsächlich einen Knopf in meinem Rausch
losgerissen habe. Ich hatte ein T-Shirt unter meinem
Hemd und zog es auch noch aus. Dann zog ich sie zu mir
und spürte, wie ihre festen Brustwarzen gegen meine
Brust kratzten. Ich sah ihr in die Augen, und sie öffnete

ihre Lippen ein wenig, also küsste ich sie. Als wir uns küssten, rieb ich sie hinten, dann schlich ich eine Hand herum, um ihre linke Brust zu reizen oder was ich davon bekommen konnte.

" Steh auf." Wir standen auf. Sie nahm mich an der Hand und führte mich in ihr Schlafzimmer. Sie brachte mich zum Bett und drehte sich dann zu mir um. "Mach meinen Rock auf." Zu diesem Zeitpunkt war ich so weit in die terra incognita eingedrungen, dass ich nicht einmal mehr nervös war. Ich streckte die Hand aus und öffnete den Knopf oben an ihrem Rock, dann öffnete ich den Reißverschluss. Ich ließ den Reißverschluss los und der Rock fiel zu ihren Füßen auf den Boden. Sie trat aus ihrem Rock und zog ihre Schuhe aus, so dass sie jetzt nur noch in ihrem Höschen vor mir stand.

"Zieh deine Hose aus." Ich zog meine Schuhe aus, nicht einmal die Mühe, sie zu lösen, dann öffnete ich meinen Gürtel, öffnete den Reißverschluss meiner Hose, ließ sie auf meine Füße fallen und trat aus ihnen heraus. Susan setzte sich auf das Bett, lehnte sich zurück und zog mich auf sie. Wir küssten, streichelten und spielten lange Zeit miteinander, wechselten die Positionen, mal Seite an Seite, mal ich oben, mal sie. Irgendwann rollte sie von mir herunter und hielt mich davon ab, auf sie zu rollen. Sie hob ihre Hüften vom Bett.

"Zieh mein Höschen aus. Dann zieh deine aus." Ich zog ihr Höschen herunter, und als ich es tat, ließ sie ihre Hüften zurück zum Bett fallen und hob ihre Füße an, damit ich sie den ganzen Weg ausziehen konnte. Ich warf sie durch den Raum und zog dann meine Unterhose aus. Ich dachte, vielleicht wäre sie bereit, mich in sich zu haben, aber stattdessen zog sie meinen

Kopf zu ihrer Muschi hinunter und spreizte ihre Beine. Sie war da unten komplett rasiert und ihre Muschi war vor mir offen.

Ich streckte meine Zunge aus und leckte ihren Schlitz von unten nach oben. Als ich oben ankam, blickte ihre Klitoris aus den Falten heraus, nur ein wenig. Ich nahm den kleinen Noppen zwischen meine Lippen und saugte daran, als sie keuchte und ihre Pussy in mein Gesicht schob. Ihre Muschi-Lippen spreizten sich weiter auf und ihre Klitoris ragte mehr heraus. Ich steckte meine Zunge in ihren Schlitz und küsste leckte und saugte an ihrer Muschi und Klitoris, als gäbe es kein Morgen. Ich hatte das Gefühl, wenn ich in dieser Nacht gestorben wäre, wäre mein Leben komplett gewesen.

Sie stöhnte und wickelte ihre Beine um meinen Hals und zog mich immer näher und enger an sich heran. Ich bekam meine Hände wieder in die ganze Sache, indem ich ihren Arsch packte und massierte, während ich ihre Pussy umarbeitete. Sie schaukelte hin und her, dann wölbte sie sich hin und her, packte meinen Kopf in die Hände und hielt ihn so fest an sich, dass ich kaum noch atmen konnte. Ihre Säfte flossen frei, bis sie tatsächlich in meinen Mund und auf mein Gesicht spritzte.

Nachdem sie sich wieder niedergelassen hatte, ließ sie meinen Kopf los und hielt meinen Hals nicht mehr fest mit ihren Beinen. Sie wickelte ihre Beine aus und zog mich an ihrem Körper hoch, um sich auf sie zu legen. Sie küsste mich und schmeckte ihre eigenen Säfte auf meinem Mund und Gesicht. "Jaime, wenn du tun kannst, was man dir sagt, bist du ein Hüter. Ich denke, du verdienst deine Belohnung."

Sie hob sich auf meine Hüften und ich hob sie von ihr ab. Sie griff nach unten, packte meinen Schwanz und führte ihn in ihre Muschi. Ich war ein wenig besorgt, weil mein Schwanz nicht ganz so groß ist, und ich war besorgt, dass sie enttäuscht sein würde. Ich wollte gerade etwas sagen, als sie lächelte, mich küsste und sprach. "Das fühlt sich wunderbar an. Mach es, Junge. Fick mich." Ich konnte spüren, wie ihre Pussy meinen Schwanz packte und es fühlte sich an wie nichts zuvor. Okay, ich habe mir selbst einen runtergeholt, aber es hat sich noch nie so etwas angefühlt. Ich entspannte es draußen und dann wieder rein und stöhnte, als ich es tat.

"Tu es. Schneller. Stärker." Ich pumpte weg, genoss es und fühlte, dass es sich immer noch mehr als gelohnt hat, wenn ich nie wieder eine Chance bekam. Ich erkannte, dass ich gleich kommen würde und sagte es ihr. In der Zwischenzeit hatte sie ihre Beine um meine Taille gewickelt und als ich anfing zu kommen, zog sie mich tief in sich hinein. Ich brach auf sie zusammen, fast bewusstlos von den Gefühlen. Als ich meine Sinne wiedererlangte, sah ich sie an und küsste sie. "Gott, ich liebe dich, Susan."

"Und wenn du ein guter Junge sein kannst und tust, was man dir sagt, dann wird noch viel mehr kommen. Es sei denn, du bist nur glücklich, mich einmal zu ficken, dann nie wieder." "Ich will das noch lange mit dir machen." Ich wachte am nächsten Morgen im Bett auf, mit meinem Kopf auf der Schulter, mit meinem Mund in der Nähe ihrer Brust. Für eine Sekunde fragte ich mich, ob letzte Nacht und der Morgen nur Teil eines fantastischen feuchten Traums gewesen waren. Susan wachte auf und streichelte meinen Kopf. Ich sah zu ihr auf und wir küssten uns.

Für Tage danach gingen wir zurück zu ihr nach Hause und liebten uns nachts. Da wir die meisten Morgens zur Arbeit gehen mussten, sagte sie mir, ich könne einige meiner Kleider für die Nacht mitbringen, die jetzt jede Nacht zu sein schien. Nach ein paar Wochen zog ich einfach ein und ließ meine Studio-Wohnung gehen. Ich habe zur Miete bei ihr beigetragen. Langsam begannen die Veränderungen.

"Diese engen Weißweine, die du trägst, sind schrecklich. Erstens sind weiße Unterhosen so im letzten Jahrtausend, und zweitens haben sie begonnen, sich zu vergrauen. Wir müssen dir etwas Neues und Schönes besorgen."

" Hübsch?" "Etwas, das dich sexy aussehen lässt." "Was zum Beispiel?" "Ich möchte, dass du ein schönes Höschen trägst." "Du meinst, wie...?" "Das ist genau das, was ich meine." "Ich kann kein Höschen tragen." "Warum nicht?" "Was würden die anderen Leute im Büro denken?" "Sie gehen herum und zeigen Ihre Unterwäsche den anderen Leuten im Büro?" "Nein, aber...." "Woher sollten sie es dann wissen? Wenn du besorgt bist, pinkel in einen Verkaufsstand, lass einfach keine Hosen und Höschen bis zum Boden fallen und niemand wird es je wissen."

"Es fühlt sich nicht richtig an." "Du hast gesagt, du würdest tun, worum ich dich bitte. Ich bitte dich, ein Höschen zu tragen. Wenn du nicht tun wirst, was ich verlange, dann ziehst du zurück und siehst, ob du eine andere Freundin finden kannst. Erinnere dich, ich habe dir gesagt, dass ich ein wenig pervers bin." Wir gingen einkaufen und sie kaufte mir ein paar Höschen, alle sehr feminin. Ich war besorgt darüber, wie ich meinen Penis im Höschen halten würde. Es ist klein, aber im Schritt ist nicht viel Platz. Sie nahm mich mit in einen Fachhandel und kaufte mir eine Gaffel, um meinen Schwanz aus dem Weg zu räumen. Die Frau dort erklärte ausführlich, wie man es benutzt. Ich war verlegen, aber ich hörte zu.

Ich fragte den Sachbearbeiter, woher sie so viel über das Anlegen einer Gaffel wusste, und sie sagte, dass sie vor ihrer Operation eine trug. Ich denke, meine Augen sind aus meinem Kopf verschwunden. Sie küsste mich auf die Wange, und ich sah sie genau an. Ich hätte nie gedacht, dass sie einmal ein Mann ist. Zum Teufel, wenn ich es nicht gewusst hätte und nicht bereits mit Susan zusammenlebte, hätte ich mich mit diesem Angestellten verabreden wollen.

Jedenfalls begann ich, den Gaffel und das Höschen zur Arbeit zu tragen, ebenso wie zu Hause und wann immer wir zusammen ausgingen. Zuerst fühlte ich mich seltsam wie Scheiße, aber nach einer Weile fing es einfach an, sich normal zu fühlen. Eines Abends waren Susan und ich zu Hause und sie rasierte sich um ihre Muschi herum und benutzte Haarentfernungscreme auf ihren Beinen. Nachdem sie fertig war, ließ sie mich rüberkommen und begann, mir Enthaarungscreme auf die Beine zu geben.

"Was... was machst du da?" " Ich reinige diese ekligen Haare von deinen Beinen. Du hast nicht so viel wie die meisten Jungs, aber ich mag keine Haare an dir, genauso wenig wie ich es an mir mag." " Aber...." "Ich will, dass du deine Körperbehaarung los wirst, genau wie ich meine. Fair ist fair." "Wenn die Leute es wissen...."

"Wen ziehst du in der Nähe aus, außer mir?" "

Niemand." "Wer sonst wird es dann wissen? Und

konkurrenzfähige männliche Schwimmer rasieren ihr

ganzes Körperhaar. Es sind nicht nur Frauen. Außerdem

kennst du unseren Deal."

Sie benutzte die Creme auf meinen Armen und Beinen

und die erbärmliche Menge an Brusthaaren, die ich

hatte. Dann nahm sie ihr Rasiermesser und rasierte

meine Unterarme und um meinen Schwanz und meine

Eier. Wieder fühlte es sich anfangs seltsam an, dann

gewöhnte ich mich irgendwie daran. Nun rieben sich

mein glatter Körper und ihr glatter Körper aneinander

und ich spürte Empfindungen, die durch die Haare leicht

blockiert worden waren.

In der Zwischenzeit lief unser Sexualleben immer noch gut. Wir haben fast jede Nacht gefickt, außer wenn sie ihre Periode hatte, und selbst dann haben wir viel zu wenig gefickt. Bald darauf entschied sie, dass sie unserem Liebesspiel eine weitere Wendung hinzufügen wollte. Susan hatte oder bekam einen Strap-on und wollte mir damit in den Arsch ficken. "Du steckst die ganze Zeit einen Schwanz in mich rein. Du steckst ihn mir sogar in den Arsch, wenn ich meine Periode habe. Warum ist mein Arsch offen und dein Arsch tabu?"

"Ist das nicht schwul?" "Nichts, was ein Mann und eine Frau zusammen im Bett machen, ist schwul. Es ist nur schwul, wenn du es mit einem anderen Mann machst, oder ich mit einer anderen Frau." Sie ließ mich auf die Hände und Knie auf das Bett steigen. Susan kam mit dem Strap-on hinter mir her.

"Schau, ich werde viel Gleitmittel verwenden, damit es für dich bequemer ist." In meiner Nervosität denke ich, dass sich mein Arsch erheblich verkrampft hat, aber sie hat es nicht überstürzt. Sie schmierte einen Finger und lockerte ihn ein. Sobald es sich leicht in meinem Arsch bewegte, steckte sie in einem zweiten Finger. Das war etwas härter, aber langsam entspannte ich mich und es ging gut. Sie zog ihre Finger heraus und fing an, den Strap-on in meinen Arsch zu erleichtern. Ich dachte, es würde sich schrecklich anfühlen, aber in Wirklichkeit war es gar nicht so schlimm.

Sie entspannte das Ding langsam den ganzen Weg hinein, dann entspannte sie es fast wieder heraus, bevor sie wieder hineinrutschte. Bald darauf hatte sie einen guten Rhythmus und ich konnte spüren, wie der falsche Schwanz meinen Arsch fickte. Ich habe nur versucht, mich zu entspannen und es geschehen zu lassen, um Susan glücklich zu machen. Ich bemerkte nicht einmal, dass mein Schwanz hart geworden war, bis ich mit ihr kam und meinen Arsch fickte. Sie blieb mit dem Schwanz in meinem Arsch stehen, während ich über das ganze Bett spritzte. Sie hielt sich an meinen Hüften fest, um sie darin zu halten, als ich durch den Orgasmus fast zusammenbrach. Schließlich ließ sie mich los und ließ mich auf das Bett sinken, als der Strap-on seinen Weg zurück aus meinem Arsch erleichterte. Sie rollte mich auf die Seite und legte sich neben mich.

"Warum denke ich, dass jemand, der zögerte, es viel mehr genossen hat, als er dachte?" Wir fingen an, das zu unserer normalen Routine hinzuzufügen, und bald, als der Strap-on sauber war, ließ sie mich sogar daran lutschen. Ich meine, ich wurde immer noch bei dem Gedanken abgewiesen, zu saugen oder von einem echten Schwanz gefickt zu werden, aber ich habe mich irgendwie daran gewöhnt. Nach ein paar Wochen kam Susan mit einem scheinbar spitzen Pilz mit einem Glasjuwel am Ende nach Hause. Es war ein Butt Plug und sie hatte zwei, einen rosa und einen blauen.

"Du gehörst mir und ich gehöre dir. Wir haben keine Ringe, weil wir nicht verheiratet sind, aber das ist eine Möglichkeit für uns, den Link zu zeigen, den wir haben. Ich trage eine und du die andere." Wie sollte ich mit ihr streiten? Hat es sich gelohnt, auszuziehen und sie zu verlieren? Und so wie das Höschen und die Rasur, wie sollte das jemand neben uns jemals wissen? Außerdem habe ich mich daran gewöhnt, dass sie mir Sachen in den Arsch steckt. Ich nahm den blauen und sie den rosa. Sie steckte meinen in meinen Arsch und ich ihren in ihren Arsch.

Jedes Mal, wenn Susan mich bat, so etwas Seltsames zu tun, wäre unser Ficken besonders intensiv und langlebig. Sie wurde für Tage danach zu einer echten Sexmaschine im Bett. Susan sagte, dass sie einige Pillen hatte, die helfen würden, meinen Körper und meine Gesichtsbehaarung zu hemmen, und sie ließ mich anfangen, sie jeden Tag zu nehmen. Tatsächlich bemerkte ich, dass ich weniger Haare bekam, besonders auf meinem Gesicht, und die Körperhaare waren heller und feiner. Nach ein paar Wochen bemerkte ich, dass meine Brustwarzen viel empfindlicher wurden. Die Warzenhöfe schienen ebenfalls größer zu werden. Ich verstand es nicht und erwähnte etwas gegenüber ihr.

Als ich mein Hemd auszog, fuhr sie mit den Händen über meine Brustwarzen und ich fühlte fast einen Stromschlag der Freude. Ich weiß, das macht keinen Sinn, aber das ist der einzige Weg, wie ich es beschreiben kann. Sie streichelte meine Brustwarzen, als ich mich einfach zurücklehnte und war erstaunt über die Empfindungen. Dann legte sie ihre Lippen auf eine Brustwarze und fing an, daran zu saugen. Ich dachte, ich würde vom Bett schweben. Ich konnte mir nicht einmal vorstellen, dass sich eine Frau, die meine Brustwarzen berührt und lutscht, so gut anfühlen könnte. Ich kam nicht wie ein Spritzer, aber ich fühlte, wie rollende Wellen des Vergnügens durch meinen Körper gingen.

Unnötig zu sagen, dass wir nun etwas Neues zu unserem Sexspiel hinzugefügt haben. Später erzählte sie mir, dass sie es überprüft hatte und fand heraus, dass dies eine der Nebenwirkungen der Pillen war, die die Haare hemmten. Erst Monate später wurde mir klar, dass sie mich angelogen hatte. Ich nahm Hormone, die männliche Hormone blockierten und weibliche

Hormone lieferten. Bald darauf begann ich, Brüste zu züchten.

Susan wies das zurück und sagte, dass viele Männer Männerbrüste haben. Es war nichts Ungewöhnliches. Nun, nein, es war nicht ungewöhnlich, dass Männer Hormone einnahmen, um zu einer Frau überzugehen. Bald hatte ich leicht Brüste von einer Tasse und musste enge T-Shirts tragen, um meine Brüste bei der Arbeit zu verstecken. Ab und zu sah mich jemand komisch an, aber niemand bei der Arbeit sagte jemals etwas.

Eines Freitagabends gingen wir nach Hause, bevor wir ausgingen. "Jaime, Liebes. Ich war du, der heute Abend für mich ein ganz besonderes Kleid anzieht. Wir gehen nicht mit der üblichen Gruppe aus. Es werden nur du und ich an einem anderen Ort sein." "Okay. Was soll ich anziehen?" "Ich werde ein paar Sachen finden und dich anziehen. Zieh alles aus, bis auf dein Höschen." Ich zog mich aus, mit meinen kleinen Brüsten baumelte es irgendwie, was mich in Verlegenheit brachte. Als sie vorbeikam, hielt sie an und küsste jede Titte abwechselnd. Sie produzierte einen BH, der ihre Brüste nicht halten würde, aber die richtige Größe für meine hatte.

"Du willst, dass ich in der Öffentlichkeit einen BH trage?" "Ja, das tue ich. Und du wirst es tragen. Außerdem wird es niemand merken, wenn ich fertig bin." Ich zog den BH an, obwohl Susan mir helfen musste, ihn zu befestigen. Sie produzierte dann ein rosa Pullover-Top und ließ es von mir anziehen. Ich fing an, mich unwohl zu fühlen. Sie kam auf mich zu, streichelte meinen Körper und küsste mich. "Vertrau mir. Wenn ich fertig bin, wird dich niemand als den Jaime erkennen, mit dem ich arbeite. Außerdem gehen wir an einen Ort, an den die anderen Leute nicht gehen."

Sie zog mir einen Rock an, der nicht ganz auf die Knie kam. Dann setzte sie sich zu mir und malte meine Fingernägel in ein leuchtendes Rot. Dann zupfte sie meine Augenbrauen leicht, um sie zu formen, und bildete mein Gesicht. Ich saß da unter Schock, als sie das tat. Basis, Eyeliner, Lidschatten, Lippenstift - wenn ich so aussah, als würde ich überhaupt protestieren, legte sie ihren Finger auf meine Lippen, um mich zu beruhigen. Schließlich zog sie eine blonde Perücke aus ihrem Schrank und zog sie mir an.

"Wir haben dein Haar etwas länger werden lassen, aber es ist noch nicht ganz lang genug dafür. Gib ihm ein paar Monate Zeit, und wir schaffen es." Offensichtlich sagte sie, dass sie dies noch einmal tun wollte, wahrscheinlich mehr als einmal. Ich wollte weinen, war aber fast taub. Ich konnte die Tränen nicht finden, und außerdem hätte es mein Make-up durcheinander gebracht und Susan wäre sauer auf mich gewesen.

"Jaime ist nicht nur mein besonderer Junge, du bist auch mein besonderes Mädchen. Ich liebe dich so sehr, und du weißt, dass du deine Belohnung später bekommst." Sie steckte mich in ein Paar zwei Zoll Keilabsätze. "Du kannst nicht mit ernsten Absätzen umgehen. Wir werden es aber schaffen." Ich schaute in den Spiegel und erkannte mich nicht. Ich sah ein hübsches blondes Mädchen, gekleidet zum Töten. Damals, als ich getötet hätte, um dieses Mädchen zu bekommen, war ich jetzt dieses Mädchen.

Susan zog sich an und wir gingen in einen Club, in dem wir noch nie zuvor waren. Es war auf der anderen Seite der Stadt und fast versteckt. Wir gingen hinein und ich erkannte dort keine einzige Person und war sehr erleichtert. Als ich mich umsah, bemerkte ich, dass die meisten Jungs mit anderen Jungs tanzten, und die meisten Frauen tanzten mit anderen Frauen. Susan bemerkte, wie ich mich umsah, lächelte und meinen Kopf streichelte, bevor sie mich küsste.

"Keine Sorge, Schatz. Die meisten der Jungs hier werden kein Interesse an dir haben - zumindest solange sie denken, dass du ein Mädchen bist. Stell nur sicher, dass du auf die Toilette gehst, um den Damenschrank zu benutzen." Ich hatte nicht einmal so weit voraus gedacht, aber mir wurde klar, dass ich sicher nicht in eine so gekleidete Herrentoilette gehen wollte. Wir fanden einen Tisch und holten uns ein paar Drinks. Wir tranken unsere Getränke, und mit ein wenig Alkohol begann ich mich zu entspannen. Eine sehr maskulin aussehende Frau kam an unseren Tisch. "Hey, Suzie-Q. Ich habe dich eine Weile nicht oft gesehen. Ich schätze, ich weiß jetzt, warum. Du hast dir einen neuen kleinen Druck eingefangen."

"Hey, Jill. Das ist meine Freundin Jaime." "Verdammtes Mädchen. Du hältst Jaime besser fest, oder ich stehle sie dir weg." "Nur zu, versuche es. Ich bin mir nicht sicher, ob du weit kommen wirst." "Ich... Susan und ich leben zusammen." "Ich habe sie eingesperrt, huh. Viel Spaß, Mädels."

Sie lachte und ging davon. Ich war überrascht, wie viele Frauen zu uns kamen und mit uns sprachen. Ich war noch mehr überrascht, wie viele mit mir geflirtet haben.

Als Mann hat mir niemand auch nur ein Haar gekrümmt.

Nun, da ich eine Frau zu sein schien, scheint die Hälfte

der Frauen an diesem Ort mich zu wollen. Ich habe

Susan etwas davon gesagt. "Du bist frisches Fleisch. Sie

haben dich noch nie zuvor gesehen oder mit dir

geschlafen und du bist süß genug, um ihre

Aufmerksamkeit zu erregen."

Nachdem wir ein oder zwei Drinks getrunken hatten,

standen wir auf und tanzten. Wir befanden uns mitten

in einem Haufen von Frauen. Die meiste Zeit konnte ich

nicht ganz sicher sein, mit wem ich tanzte. Eine

langsame Nummer kam auf und Susan tanzte langsam

mit mir. Ich ließ sie führen. Ich bin kein guter Tänzer, um

zu führen.

Diese Zahl endete und eine weitere langsame Zahl kam an und eine wunderschöne Frau fragte, ob sie sich einschalten könnte und packte mich um die Taille und tanzte mit mir. Sie kuschelte sich nah an mich heran und fuhr mit ihrer Hand über meinen Arsch, während wir tanzten. Am Ende der Nummer gab sie mir einen leidenschaftlichen Kuss und fühlte meine Brüste. Ich drehte mich um, um zu Susan zurückzukehren, und eine andere Frau packte mich.

"Hey, Schatz, tanz mit mir." "Ich muss zurück zu...." "Sie kann auf dich für einen weiteren Tanz verzichten. Komm schon, Schönheit, tanz mit mir." Diese Frau tastete mich an, als ginge es niemanden was an. Meine Gaffel hielt mich sehr fest, sonst hätte sie meinen Schwanz gespürt, als ihre Hand dort runterging. Es fühlte sich fast so an, als würde ich auf der Tanzfläche sexuell missbraucht werden. Der Tanz endete und sie küsste mich und tastete mich noch mehr. Ich begann zu versuchen, mich zu befreien, und sie hielt durch, bis Susan erschien.

"Okay, Schlampe. Du hattest deinen Spaß. Jaime ist vergeben, also such dir einen anderen." Die Frau starrte Susan an, die sich durchgesetzt hatte. Mehrere andere Frauen und Männer versammelten sich. Als sie sich gegenüberstanden, packte eine Türsteherin den Arm der anderen Frau.

"Okay Charlotte. Geh zurück und spiel mit deinen Freunden. Wir werden hier jetzt keine Probleme haben, oder?" Charlotte starrte auf den Türsteher, dann auf Susan und stampfte von uns weg. Susan und ich gingen zurück zu unserem Tisch und holten uns noch einen Drink. Etwas später sah ich Charlotte mit einer anderen Frau gehen. Später kam der Türsteher an unseren Tisch.

"Tut mir leid deswegen. Sie wird wirklich aufdringlich, nachdem sie zu viele Drinks hatte." "Das ist in Ordnung. Es war nur, dass Jaime nicht wusste, wie man mit ihr umgeht." Der Türsteher sah mich sehr genau an.

"Jaime, huh. Sie ist trans, nicht wahr?" Ich wusste nicht, wovon zum Teufel sie sprach, aber Susan tat es offensichtlich. "Komm einfach raus. Hatte aber keine Gesäßoperation." "Du kommst sehr gut durch, Schatz." "Das... danke." "Also geht sie den ganzen Weg?" "Vorläufig nicht. Ich versuche immer noch, ihre Richtung zu bestimmen. Du wirst das aber im Hintergrund behalten, oder?"

"Sicher, Suze. Ich will diese hübsche Dame nicht davonlaufen lassen. Ich wäre halb versucht, sie zu nehmen, obwohl ich weiß, dass sie noch ein Paket hat."

Wir fuhren kurz darauf los und gingen nach Hause. Wir hatten einige der wildesten Sexe, die wir seit Wochen hatten. Nachdem wir beide vom Ficken erschöpft waren, fragte ich, was der Türsteher gemeint hatte. Susan sagte mir, ich solle mir vorerst keine Sorgen machen.

Am nächsten Morgen wollte ich das ganze Make-up abwischen und mich auf Jungenkleidung umziehen. Susan bat mich, so zu bleiben und mit ihr ins Einkaufszentrum zu gehen. Ich fühlte mich wirklich seltsam, aber ich tat es. Sie steckte mich in ein anderes Outfit und offene Zehenebenen. Sie hat mein Make-up nachgemacht und wir sind ausgegangen.

Im Einkaufszentrum gab es einen Nagelsalon. Susan hat mich für eine Pediküre da reingezogen. Sie massierten meine Füße, reinigten die Hornhaut, trimmten und formten meine Zehennägel und bemalten sie dann. Wir gaben ihm ein wenig Zeit zum Trocknen, gingen dann durch das Einkaufszentrum und gingen zum Kleiderkaufen. Susan hat mir noch ein paar Mädchen-Outfits gekauft. Ich musste in die Frauenumkleide gehen, um einige der Kleider anzuprobieren, und als ich es ein paar Mal gemacht hatte, spielte es keine Rolle mehr. Wir mussten pinkeln, und Susan brachte mich in die Damentoilette. Ich war gestern Abend in der Bar im Frauenzimmer gewesen, aber im Einkaufszentrum fühlte es sich anders an. Ich musste aber pinkeln, also tat ich es, wusch meine Hände und ging nach links.

Als wir durch das Einkaufszentrum gingen, versuchten ein paar junge Kerle, uns anzumachen - Susan und mich - und schienen genauso an mir interessiert wie an Susan. Susan machte einige höfliche Ausreden und brachte uns von ihnen weg. Wir gingen zurück zum Auto, als ein Typ auf dem Parkplatz zu uns schrie. "Hey, Baby. Ich würde diesen Arsch gerne in die Finger bekommen. Darauf kannst du wetten." "Nimm es leicht und ignoriere ihn einfach. Er versucht, dich aufzuheitern." Wir stiegen in unser Auto und fuhren davon, und ich schwöre, ich dachte, ich hätte den Kerl gesehen, der uns etwas später im Verkehr überholen würde. Wir kamen zurück nach Hause und Susan schlug vor, dass wir an diesem Abend wieder ausgehen sollten, wobei ich immer noch als Frau gekleidet war.

"Wir werden nicht an den gleichen Ort wie gestern Abend zurückkehren, aber ich denke, es wird uns gut gehen." Zu diesem Zeitpunkt wurde ich fast taub, wie ich gekleidet war. Wir duschten, Susan überarbeitete mein Make-up und erklärte, was sie tat und wie sie es tat. "Bald wirst du in der Lage sein, dein eigenes Make-up zu machen." "Bitte zwingen Sie mich nicht, so zu arbeiten. Bitte."

"Nein, das werde ich nicht tun. Das ist nur für den Fall, dass wir beide ausgehen und einen Spaziergang auf der wilden Seite machen." "Ich weiß nicht, wie viel Wild ich aushalten kann." Wir gingen in eine andere Bar, und obwohl es dort nicht die schwulen Männer und Frauen des anderen Ortes gab, schien sich niemand darum zu kümmern, dass zwei Frauen zusammen tanzten. Wir gingen danach nach Hause und hatten mehr wilden Sex. Montagmorgens half mir Susan, mein Make-up zu reinigen und nahm die Politur meiner Fingernägel ab. Ich wollte, dass sie die Fußnagellackierung abnimmt, aber sie weigerte sich.

"Jaime, Liebes, du wirst bei der Arbeit nicht deine Schuhe und Socken ausziehen. Niemand wird wissen, dass du deine Zehennägel poliert hast. Außerdem sieht es so hübsch aus." Das gab den Ton an, wie das Leben für eine Weile verlief. Susan kleidete mich als Mädchen für die Wochenenden aus, und ich hielt die Zehennagelpolitur an, genau wie ich mein Höschen, den Buttplug und die Gaffel. Im Allgemeinen, wenn wir ausgingen, erzählte Susan jedem, der sich an uns wandte, dass wir in einem Mädchenabend waren und nicht nach Gesellschaft suchten. Normalerweise reichte das aus, um die meisten von ihnen wegzufahren. Die Türsteher kümmerten sich um den Rest. Wir gingen zurück in die Schwulenbar und hingen ziemlich regelmäßig mit den Lesben zusammen, aber nicht jedes Wochenende.

Meine Brüste wuchsen weiter, bis ich ein B-Cup war. Ich musste wirklich daran arbeiten, um sie während der Arbeit zu verstecken. Ich begann, einen Ordner auf meiner Brust zu tragen, während ich dort war. In gewisser Weise begann ich, mich abends und am Wochenende freier zu fühlen, wenn ich einfach einen BH tragen konnte.

Häufig, wenn wir unterwegs waren, baten uns die Jungs zum Tanzen. Normalerweise würde Susan ablehnen, aber ab und zu würde sie vorschlagen, dass wir einfach mit den Jungs für ein oder zwei Tänze tanzen, nur um es einfacher zu machen, sie loszuwerden. Schnelle Tänze waren großartig, aber besonders am Anfang war es mir unangenehm, langsam mit einem Mann zu tanzen. Ich tat es, um Susan glücklich zu machen, denn sie tat viele Dinge, um mich glücklich zu machen.

Eines Nachts waren wir in einem Club, und während eines langsamen Tanzes tastete mich der Typ und fühlte mich überall. Er packte meinen Arsch, meine Brüste und sogar meine Leiste. Gott sei Dank für meine Gaffel, die meinen Schwanz verschwinden ließ. Susan erzählte mir, wie wütend Männer werden könnten, wenn sie herausfinden würden, dass ich einen Schwanz habe. Am Ende des Tanzes küsste er mich und fuhr fort, mich zu tasten, bis ich mich von ihm lösen konnte.

Ich ging zu dem Tisch, an dem Susan mit zwei anderen Jungs stand. Ich hatte ein wenig getrunken und war immer noch von dem Angriff auf die Tanzfläche erschüttert. Als ich hinaufging, wandte sich einer von ihnen an mich. "Verdammt. Das war eine verdammt gute Show auf der Tanzfläche. Ich hätte dich fast nicht erkannt, Jaime."

Mir wurde klar, dass die beiden Jungs Dave und Mike von der Arbeit waren. Ich war schockiert und verängstigt. Niemand von der Arbeit, außer Susan, wusste natürlich, dass ich manchmal so gekleidet war. Und ich tat es für Susan, nicht weil ich es besonders wollte, obwohl ich es genoss. Zum Teufel, als Frau war ich beliebt. Als Mann war ich niemand. Nun, das sollte alles verärgert sein.

"Ich habe ein gutes Bild davon, wie du den Kerl küsst, während er dich streichelt. Das Büro sollte das lieben." "Er... küsste mich, ich küsste ihn nicht. Bitte zeigen Sie das nicht im Büro." "Du schienst in diesen Kuss zu geraten. Und sollte nicht jeder die Chance haben, dein wahres Ich zu sehen?" "Ich mache das an Wochenenden. Wenn wir ausgehen. Ich weiß nicht...." "Ja. Sicher. Selbst beim schnellen Tanz hast du den

Arsch geschüttelt, als ob es niemanden was angeht."

"Bitte. Ich flehe dich an, zeig das Bild nicht im Büro."

"Was ist es dir wert, dass wir dein Geheimnis bewahren?" "Ich habe nicht wirklich viel Geld." "Es gibt noch andere Dinge, die du tun kannst." Susan beschloss, an dieser Stelle in das Gespräch einzusteigen. "Jungs, das ist nicht der richtige Ort, um darüber zu diskutieren. Lass uns zu uns nach Hause gehen und wir können das als Freunde klären." Dave und Mike waren in einem Auto herausgekommen, und Susan und ich in einem anderen. Da Da Dave und Mike nicht wussten, wo wir wohnten, fuhr ich mit Dave und gab ihm den Weg, während Mike mit Susan fuhr.

"Du bist nicht so sehr wie ein Kerl, aber du bist ziemlich heiß wie ein Mädchen." Ich wusste nicht, was ich sagen sollte. Ich wollte ihn nicht wütend machen, aber ich wollte ihn auch nicht ermutigen. Wie sich herausstellte, brauchte er keine Ermutigung, und Mike auch nicht. Was Dave und Mike für ihr Schweigen wollten, war, dass ich sie absaugte und sie meinen Arsch ficken ließ. Jetzt ließ Susan mich ihren Gurt absaugen und fickte regelmäßig meinen Arsch damit, aber ich hatte es auch noch nie mit einem Mann mit einem echten Schwanz gemacht.

Susan sagte mir, es sei Erpressung und Erpressung, aber wenn ich nicht im Büro geoutet werden wollte, musste ich wahrscheinlich mitmachen. Es war mir egal, aber mir wurde klar, dass sie wahrscheinlich Recht hatte. Ich wollte nicht, dass das ganze Büro weiß, dass ich als Frau gekleidet bin - auch wenn es nur am Wochenende war. Sie sagte, sie würde versuchen, sich zurückzulehnen und zu sehen, ob wir sie dazu bringen könnten, sich mit weniger zufrieden zu geben, als sie wollten.

"Wisst ihr, Jungs, sie hat echte Brüste - kleine, aber irgendwie nett. Möchtest du sie sehen und anfassen?" Natürlich wollten sie das. Susan zog mein Oberteil aus und öffnete meinen BH, um meine Brüste herauszulassen. "Verdammt, Mädchen. Du hast Scheiße vor uns versteckt." Dave begann mit einer Brust zu spielen, während Mike mit der anderen spielte. Nachdem diese Kerle mich berührt hatten, störte mich das irgendwie, aber als sie mit ihnen spielten und an ihnen saugten, fing es an, sich ziemlich verdammt gut anzufühlen. An einem Punkt hatte ich einen Mund an jeder Brust, saugte, leckte und küsste sie, als hätten sie noch nie Brüste gesehen. Ich hatte Wellen des Vergnügens, die durch meinen Körper rissen, während sie meine Brüste genossen.

"Das war schön für die Vorspiele, aber kommen wir zur Sache." Dave stand auf, öffnete den Reißverschluss seiner Hose und zog seinen Schwanz heraus. Ich sah ihn an, und sein Gesicht war von Lust erfüllt. Mike war in der Nähe und berührte seine Leiste. Susan grimassierte, nickte aber. Ich schob mich nach vorne und nahm den Kopf seines Schwanzes in meinen Mund. stöhnte Dave. "Gott, Baby. Tu es. Lutsch den Schwanz."

Ich konnte ein wenig von seinem Vorsaft an seinem Schwanz schmecken, als ich langsam den Schaft in meinen Mund nahm, bis ich fast würgte. Ich schloss meine Augen und tat so, als wäre es Susan mit ihrem Strap-on. Wenigstens habe ich es versucht. Das Gefühl war anders, der Geschmack war anders, und Dave stöhnte, als ich seinen Schwanz in und aus meinem Mund kolbente. Um nicht daran zu ersticken, legte ich meine Hand um die Basis seines Schwanzes und rieb ihn, während ich am Rest arbeitete.

Daves Stöhnen und Stöhnen wurde lauter und häufiger, bis er meinen Kopf packte und ihn zu sich zog. Ich erstickte fast, als sein Schwanz mir in den Hals fiel, besonders als er in einem großen Schwall direkt in meinen Hals kam. "Schluck es runter, Schlampe." Ich hatte nicht wirklich eine Wahl. Die Hälfte davon war in meinem Hals, bevor ich etwas anderes hätte tun können. Dave lächelte und streichelte meinen Kopf.

"Du bist ein guter kleiner Schwanzlutscher, Mädchen." Mike war der Nächste, und es lief ziemlich genau so ab. Ich hoffte, dass sie glücklich sein würden, nachdem ich sie gelutscht hatte, und ließ es los. Aber beide bestanden auch darauf, meinen Arsch zu ficken. Dave hatte sich zuerst erholt, öffnete meinen Rock und zog

ihn aus. Er zog mein Höschen aus, aber meine Gaffel

bedeckte mein Arschloch, also zog er auch das aus.

Mein winziger Schwanz sprang frei.

"Nicht viel da, aber es wird von uns sowieso keinen

Nutzen haben. Süßer kleiner Stecker, Mädchen." Dave

zerrte an meinem Analstöpsel und ich versuchte, die

Muskeln zu entspannen, während er ihn aus meinem

Arsch lockerte. "Seht, Jungs. Du musst Gleitmittel

verwenden. Ich werde nicht zulassen, dass du sie

ruinierst oder ihr wehtust. Und vorsichtig, Jungs,

vorsichtig."

Susan produzierte das Gleitgel und Dave schmierte es

auf seinen Schwanz und um mein Arschloch herum. Ich

ging auf meine Hände und Knie, wie ich es bei Susan

tue, als sie meinen Arsch fickt. Dave kam hinter mich und packte meine Hüften. Ich konnte den Kopf seines Schwanzes gegen mein Arschloch spüren, als er sich nach vorne bewegte. Es war bereits ein wenig gedehnt, als er den Stöpsel herauszog, und er rutschte ziemlich leicht hinein. Susan hatte meinen Arsch gefickt, aber der Fleisch- und Blutschwanz fühlte sich anders an. Er drückte ein, bis ich spürte, wie seine Eier meinen Arsch schlugen.

"Verdammt. Schön, sehr tief zu gehen. Besser, als ich es mit ihrem Mund erreichen konnte." Dave begann langsam, baute Geschwindigkeit auf, schob seinen Schwanz mit jedem Schlag tief in meinen Arsch und hielt meine Hüften fest, um ihn zu führen. Er ging immer schneller und schneller und ich vergaß fast, dass es ein Kerl war, der meinen Arsch fickte, bis er mit einem Stöhnen meine Hüften fest gegen ihn zog, mit seinem

Schwanz so weit in mir, wie er es nur konnte. Ich fühlte es pochend und wusste, dass er nur Sperma in meinem Arsch hatte. Als er kam, spritzte ich auch meine Ficksahne auf das Bett, als er seine in meinen Arsch schoss.

"Ist das nicht süß. Das kleine Mädchen kam zur gleichen Zeit." Dave zog sich aus meinem Arsch zurück und kam vor mir vorbei. "Mädchen, du solltest es sauber lecken." Ich war entsetzt, dann sprach Susan. "Ich küsse diese Lippen. Ich küsse keinen Scheiß. Du willst es sauber haben, geh auf die Toilette und wasch es ab." Dave sah enttäuscht aus und setzte sich hin, als Mike sich hinter mich stellte.

"Wenn du so sein willst, dann bekomme ich noch einen Pass auf diesen Arsch." "Was auch immer. Sie lutscht

nicht deinen Schwanz, nachdem er in ihrem Arsch war."
Mike hat meinen Arsch gefickt, dann hat Dave mich
wieder gefickt, dann wieder Mike. Schließlich schienen
sie zufrieden zu sein. Ich habe mich irgendwie zu einem
Ball zusammengerollt, nackt, auf dem Bett sitzend. Dave
und Mike zogen sich wieder an.

"Gute Nacht, Mädchen. Wir sehen uns nächste Woche
wieder." " Nächste Woche?" "Schlampe. Du willst, dass
wir schweigen, dann kannst du dich auslöschen." Sie
gingen und Susan schloss die Tür hinter sich ab. Sie kam
rüber und setzte sich neben mich auf das Bett und hielt
mich in ihren Armen. Sie schaukelte mich eine Weile hin
und her, bis ich mich entspannte, dann machte sie sanft
und süß Liebe mit mir. Keine Arsch-Action mehr in
dieser Nacht. Mein Arsch hatte bereits ein Training
hinter sich. Aber sie streichelte meinen Körper,
streichelte meine Brüste, nahm dann meinen kleinen

Schwanz in ihre Pussy und ich fickte sie, bevor wir uns zusammenrollten und schlafen gingen.

Ich war am Montag bei der Arbeit nervös, aber niemand schien sich anders zu verhalten, außer Dave und Mike, die mich gelegentlich anstarrten. Dave kam beugt vorbei und flüsterte mir leise ins Ohr. "Bis Freitag Abend, Babe. Ich freue mich darauf." Die nächsten beiden Freitagabende waren eine Wiederholung der ersten, wobei Dave und Mike gelutscht wurden und dann meinen Arsch ein paar Mal fickten. Das Schreckliche war, dass ich mich körperlich davon erholt habe, obwohl ich es emotional gehasst habe. Nach dieser dritten Woche lagen Susan und ich zusammen im Bett.

"Du weißt, dass es einen Weg gibt, sie loszuwerden und das zu beenden." "Wie machen wir das?" "Das Einzige, was sie gegen dich haben, sind Fotos von dir, wie du als Frau gekleidet feierst. Wir sagen der Personalabteilung, dass Sie zu einer Frau wechseln und sich bei der Arbeit so kleiden werden. Du kleidest dich wie eine Frau auf der Arbeit, und sie haben nichts mehr über dich." "Zur Arbeit gehen, als Frau gekleidet?" "Was ist schlimmer, jede Woche die beiden zu ficken oder sich als Frau auf der Arbeit anzuziehen?" "Ich mag keine der beiden Alternativen, aber ich gehe als Frau zur Arbeit, wenn das bedeutet, dass ich sie nicht wieder ficken muss."

"Das ist mein Mädchen." Wir haben am Montag mit der Personalabteilung gesprochen, und ab Dienstag kam ich als Frau gekleidet zur Arbeit. Dave und Mike waren verwirrt, dann wütend, als Susan ihnen sagte, sie könnten jemand anderen finden, den sie ficken könnten. Ich war in Bars und Clubs gegangen, die so gekleidet waren, also war es nicht viel anders, so zu funktionieren. Die meisten Frauen schienen sich für mich zu freuen und ich hatte keine Probleme damit, die Damentoilette zu benutzen.

Alles schien sich wieder zu beruhigen, und Susan und ich schienen glücklich und liebevoll zusammen zu Hause zu sein und zusammen auszugehen. Im Laufe der Zeit wurde es für mich schwierig, einen Ständer zu bekommen oder ihn lange genug zu halten, um Susan zu ficken. Ich war enttäuscht, aber wir hatten immer noch ein Sexleben. Schließlich entschied sich Susan, das Problem anzugehen.

"Weißt du, dieses Ding nützt dir oder mir auch nicht viel." "Also, was machen wir jetzt?" "Ändere es aus.

Lassen Sie sich operieren. Wechsle von einem nutzlosen Schwanz zu einer Muschi, die wir beide gebrauchen können." "Du willst, dass ich meinen Schwanz loswerde und mir eine Muschi hole?" "Warum nicht? Du ziehst dich wie eine Frau an. Du lebst als Frau. Du kannst nicht mehr wie ein Mann Liebe machen. Hol dir eine Muschi, die wir beide genießen können."

"Ich weiß nicht, ob ich dafür bereit bin." "Wir sind schon eine Weile zusammen. Tue das und nachdem du geheilt bist, werden wir heiraten. Und ich wäre lieber mit einer Frau mit einer Pussy zusammen, die funktioniert, als mit einem Schwanz, der nicht funktioniert." "Verheiratet? Danach?"

"Danach. Du hast Urlaub für die Operation gesammelt, und ich habe Urlaub, um mich um dich kümmern zu können, während du dich erholst. Und ich schwöre, ich werde dich nie wieder um etwas bitten, das dir unangenehm ist." Natürlich hatte sie bereits Ärzte untersucht. Wir haben es geplant und wir beide sind zusammen gegangen. Susan hielt meine Hand, als ich unterging, und hielt meine Hand, als ich aufwachte. Selbst mit den Drogen tat es da unten höllisch weh. Es dauerte zwei Tage, bis sie die Verpackung herausnahmen. Nachdem sie es getan hatten, erzählten sie mir von der Erweiterung meiner neuen Vagina.

Ich musste anfangen, es viermal am Tag zu erweitern, um es richtig zu dehnen, und es tat höllisch weh, es zu tun. Die Dilatation nimmt im Wesentlichen einen Dildo, schmiert ihn ein und steckt ihn in meine Vagina. Das Gewebe dort war komplett überarbeitet worden und erholte sich davon, weshalb alles so sehr weh tat. Es fühlte sich seltsam an, in Bezug auf eine Vagina zu denken. Nein, mein Schwanz war größtenteils nicht funktionsfähig, aber es war immer noch ein Schwanz.

Susan war die meiste Zeit während der Genesung bei mir, tröstete mich, küsste mich und kümmerte sich um mich. Ich hasste die Erweiterung, aber Susan und der Arzt sagten mir, dass es notwendig sei, also behielt ich sie bei. Es geschah langsam genug, dass ich es nicht bemerkte, aber langsam, es hörte auf zu schmerzen, als ich mich erweiterte. Was mich schockierte, war der Tag, an dem ich meinen Dilatator hineinsteckte, und es fühlte sich zum ersten Mal gut an.

Ich nahm es langsam und ruhig - ich wollte nichts durcheinanderbringen. Ich lockerte den Dilatator in und aus meiner Pussy, und statt des Schmerzes, den ich einst empfand, fühlte ich nun Freude. Ich fing an, meine

Hüften hin und her zu schaukeln, als ich mich langsam und sanft mit dem Dilatator fickte, bis ich mich zurücklehnte, meinen Rücken wölbte und einen vollen Orgasmus hatte, wie nichts, was ich je zuvor erlebt hatte.

Susan hatte Besorgungen gemacht, als all das passierte, aber ich sagte es ihr, als sie zurückkam. Sie küsste mich sehr süß und sagte mir, dass wir, während wir es noch ruhig angehen mussten, nun anfangen könnten, etwas Spaß zu haben.

Kurz darauf kehrten wir beide an die Arbeit zurück. Ich musste es noch ruhig angehen und ging zum Training und um all diese Dinge auszustrecken. Auf der Arbeit umarmten mich einige der Frauen und küssten mich. Ja, es gab einige, die kalt waren, aber das passiert immer.

Wir machten Pläne für eine kleine Hochzeit und Susan und ich gingen aus, um Brautkleider zu kaufen. Ich trug ein weißes Spitzenkleid, das direkt unter die Knie ging, während Susan ein seidig weißes Kleid trug. Ich erinnere mich, dass ich im Spiegel geschaut habe, wie ich aussah, was wunderbar war, aber dann zurückdenkend an den Nerdigen, der ich einmal gewesen war. Ich hatte etwas gewonnen, aber ich weinte über das, was ich auf dem Weg verloren hatte.

Wenn ich zurückblicke, weiß ich, dass Susan das alles von Anfang an geplant hatte. Sie wählte einen Mann aus, der so dankbar für ihre Liebe und Zuneigung sein würde, dass er sich nicht gegen die langsamen, stetigen kleinen Veränderungen sträuben würde. Als die Änderungen wesentlich wurden, war es für mich so weit, dass es fast unmöglich war, zurückzugehen. Es ist erledigt. Ich bin, wer ich jetzt bin, und ich bin ihr und sie

ist mein. Der Jaime, der ich vorher war, ist tot. Jaime,

das Mädchen, macht so gut sie kann weiter.

Zeitfracht Medien GmbH
Ferdinand-Jühlke-Straße 7
99095 Erfurt, Deutschland
produktsicherheit@kolibri360.de